2 février 1874

Exemplaire de Barre

OBJETS D'ART

ET

D'AMEUBLEMENT

DES XVIe, XVIIe ET XVIIIe SIÈCLES

EXPOSITIONS

PARTICULIÈRE	PUBLIQUE
Le Samedi 31 Janvier 1874	Le Dimanche 1er Février 1874

COMMISSAIRE-PRISEUR	EXPERT
Me CHARLES OUDART	M. ÉMILE BARRE

IMPRIMERIE J. CLAYE — RUE SAINT-BENOIT 7 — PARIS

CONDITIONS DE LA VENTE.

Elle sera faite au comptant.

Les acquéreurs payeront *cinq centimes par franc*, en sus des enchères, applicables aux frais.

L'Exposition mettant les Adjudicataires à même de se rendre compte de l'état et de la nature des objets, il ne sera admis aucune réclamation une fois l'adjudication prononcée.

février 1874

Exemplaire de Barre

CATALOGUE

D'OBJETS D'ART

ET

D'AMEUBLEMENT

DES XVIᵉ, XVIIᵉ ET XVIIIᵉ SIÈCLES

SUITE DE QUATRE JOLIES TAPISSERIES
TENTURES EN CUIR DE CORDOUE, JOLI MEUBLE DE SALON
EN TAPISSERIE, COMPOSÉ DE UN CANAPÉ
ET DIX FAUTEUILS ÉPOQUE LOUIS XVI, MEUBLES
DE LA RENAISSANCE, COMMODE ET BUREAU EN MARQUETERIE
TABLES INCRUSTÉES, PENDULES, APPLIQUES
ET CANDÉLABRES DES ÉPOQUES LOUIS XV ET LOUIS XVI
MARBRES ET TERRES CUITES PAR CARRIER-BELLEUSE, FAÏENCES
ITALIENNES ET FRANÇAISES
PORCELAINES DE CHINE ET DU JAPON, OBJETS DIVERS

Dont la Vente aura lieu

HOTEL DROUOT, SALLE Nº 5

Le Lundi 2 Février 1874

COMMISSAIRE-PRISEUR	EXPERT
Mᵉ CHARLES OUDART	**M. ÉMILE BARRE**
31, rue Le Peletier	20, Chaussée-d'Antin

Chez lesquels on trouve le Catalogue

EXPOSITIONS

PARTICULIÈRE	PUBLIQUE
Le Samedi 30 Janvier 1874	Le Dimanche 1ᵉʳ Février 1874

D05417

DÉSIGNATION

TAPISSERIES, TENTURES

1. — Suite de quatre Tapisseries d'après Van Artoïs, représentant des scènes villageoises, en parfait état de conservation.

2. — Tentures en cuir de Cordoue, époque *Louis XIV*, à ornements gauffrés et dorés sur fond gris.

3. — Meuble de salon *Louis XVI*, en bois sculpté et doré, couvert en tapisserie d'Aubusson à figures et animaux, et composé de dix fauteuils et un canapé.

OBJETS D'AMEUBLEMENT

4. — Riche Table en noyer marquetée de cuivre, de nacre et d'ivoire, avec décors de fleurs et de figures.

5. — Autre Table en écaille et marqueterie de bois à fleurs.

6. — Beau Meuble à deux corps en noyer, vermicellé de cuivre.

7. — Petit meuble de la *Renaissance*, à deux vantaux, et orné de sculptures et haut relief, avec tiroirs à l'intérieur.

8. — Autre Meuble de la même époque, en noyer sculpté, formant armoire, et orné de mascarons.

9. — Beau Bureau à consoles, orné de pierres dures, cornaline et lapis lazuli, avec incrustations d'ornements et de figures en ivoire gravé, travail milanais.

10. — Grand et beau Coffre du commencement du xvi⁰ siècle, avec médaillons de figures et orné de sa serrure fleurdelisée à personnages.

11. — Commode *Louis XIV* en bois de violette, avec incrustations de cuivre.

12. — Commode *Louis XVI* en bois de rose, avec marqueterie de fleurs, orné de bronze doré.

13. — Meuble vitrine en bois de rose, avec ornements en bronze doré.

14. — Grande Console *Louis XVI* en bois sculpté et doré avec dessus de marbre.

15. — Quatre Chaises italiennes marquetées d'ivoire gravé.

16. — Six Chaises en certosine, richement incrustées d'ivoire et médaillons gravés.

17. — Six Escabeaux en bois sculpté, style de la *Renaissance*.

18. — Deux Bergères, bois sculpté et doré, époque *Louis XVI*, couvertes en soie.

19. — Deux Encoignures en bois de violette, ornées de bronze doré, époque *Louis XIV*.

20. — Très-bel Écran en tapisserie au point, époque *Louis XIV*, avec ancienne monture en noyer sculpté.

21. — Belle Glace *Louis XV* en bois sculpté et doré, ornements à jour.

22. — Autre Glace avec cadre et pied en fer forgé et poli.

BRONZES D'ART ET D'AMEUBLEMENT

23. — Jolie Pendule *Louis XVI* en bronze doré, avec figurine d'enfant.

24. — Deux Candélabres à trois lumières, même époque, formés par des enfants.

25. — Deux petits Vases formant flambeaux, marbre blanc et bronze doré.

26. — Deux Appliques *Louis XVI* en bronze doré, formant cor de chasse.

27. — Deux autres Appliques en bronze doré, à deux lumières, à rubans, époque *Louis XVI*.

28. — Deux Candélabres en bronze *Louis XVI*, à trois lumières, formés par des vases en marbre, fleurs de pêcher.

29. — Pendule *Louis XIV* en bois des îles, et ornements en bronze doré.

30. — Autre Pendule *Louis XIV* en écaille et ornements en bronze doré.

31. — Deux Flambeaux *Louis XIII* en bronze, gravé et orné de têtes d'anges.

32. — Pendule *Louis XVI*, avec statuette marbre blanc et bronze doré.

33. — Deux Flambeaux *Louis XV* à deux lumières, en bronze doré avec armoiries gravées.

34. — Pendule *Louis XV* en marqueterie de cuivre sur écaille noire, avec socle de même travail.

35. — Paire de Flambeaux *Louis XVI* en bronze doré.

36. — Autre paire, époque *Louis XIV*, en bronze argenté.

37. — Petit Buste en bronze ancien, portrait de Gluck.

38. — Autre petit Buste en bronze ancien, portrait de Diderot.

39. — Belle paire de Chenets en bronze doré, époque *Louis XIV.*

40. — Petite Pendule de la *Renaissance*, à clocheton en bronze doré et gravé.

MARBRES ET TERRES CUITES

41. — Joli petit Buste en marbre; *la Marquise.*

42. — Autre Buste en marbre, formant pendant; *la Soubrette.*

43. — Enfant en marbre, supportant un candélabre; signé *Carrier-Belleuse.*

44. — Autre Enfant en marbre, formant pendant, du *même artiste.*

45. — Groupe en terre cuite, du *même artiste* : Italienne et son enfant.

46. — Deux petits Bustes du *même artiste,* formant pendant : Marie-Antoinette et Mme de Lamballe.

47. — Deux beaux Vases en marbre blanc, avec anses formées par des satyres.

FAÏENCES

FRANÇAISES, ITALIENNES ET AUTRES

48. — Deux grandes et belles Potiches, forme bouteille, en vieux *Delft*, décor bleu.

49. — Plaque en ancienne faïence de *Castelli*, représentant la Bénédiction paternelle.

50. — Autre Plaque également en ancienne faïence de *Castelli*, représentant un sujet pastoral.

51. — Grand Plat en *moustiers*, décor bleu, avec armoirie au centre.

52. — Six Assiettes en ancienne faïence de *Venise*, décor en couleur et doré (sera divisé).

53. — Deux Coupes en faïence de *Satzuma*, décor doré.

54. — Deux petits Plats en *castelli*, encadrés, à paysages et figures.

PORCELAINES

DE CHINE ET DU JAPON

55. — Grande Vasque en *vieux Japon*, décor bleu.

56. — Autre grande Vasque, également en *Japon*, même décor.

57. — Six Assiettes en *vieux Japon*, décor de poissons (sera divisé).

58. — Six autres belles Assiettes en *vieux Chine*, décor en couleur et or, demi-coquille d'œuf.

OBJETS DIVERS

59. — Très-beau Christ en ivoire, époque *Louis XIV*, dans sa bordure ancienne en bois sculpté et doré.

60. — Deux Vases à couvercles en cloisonné de la Chine.

61. — Deux grands autres Vases cylindriques, également en cloisonné de la Chine.

62. — Deux Cornets en ancienne porcelaine du Japon.

63. — Statuette en terre cuite, par Canova : Femme nue cou-
chée.

64. — Deux Vases en marbre, brèche violette, ornés de deux
têtes de satyre en bronze doré.

65. — Deux Pyramides en *vieux Saxe*, avec fleurs en relief.

66. — Objets non catalogués.

PARIS. — J. CLAYE, IMPRIMEUR, 7, RUE SAINT-BENOIT. — 1159